# Inhalt

**Ein Spiel namens Liebe –
Die Nacht vor der Aufnahmeprüfung**   5

**Ein Spiel namens Liebe –
Während der Aufnahmeprüfung**   14

**Ein Spiel namens Liebe –
Kriegsende der Aufnahmeprüfung**   22

**Eine Geschichte von unendlicher
Traurigkeit – Die Sache mit der
Augenbinde**   30

**Ein Nachspiel voller Traurigkeit
und Fehleinschätzungen**   36

Sonderseite ①
**Udous Schwachpunkt**   66

Sonderseite ②
**Was Miki ändern sollte**   67

Sonderseite ③
**Wie Kiyotake den
älteren Udou kennt**   68

**Ich trage unaussprechliches Leid
mit mir herum**   71

**Ich trage unaussprechliches Leid
mit mir herum 2**   108

**Verdrehtes Bruchstück –
Vorgeschichte**   125

**How I feel about you – Anstoß**   139

**Laundry.**   149

**Eine Liebesgeschichte voller
Traurigkeit und Fehleinschätzungen**   162

**Nachwort**   183

# Eine Liebesgeschichte voller Traurigkeit und Fehleinschätzungen

**Chise Ogawa**

# Charaktere

Aus *Eine Geschichte von unendlicher Traurigkeit*

**Ein ehrlicher junger Mann mit einem großen Herzen**

## Seiji Kiyotake

Er hat schon in der Mittelschule zusammen im Schulklub mit Takayuki Basketball gespielt. Früher hat ihm Takayuki mal eine Freundin ausgespannt.

❤ Kommilitonen

**Ein hübscher Mann, der verzweifelt verliebt war**

## Takayuki Udou

Eigentlich sah es aus, als würde er wenig Einsatz bei der Aufnahmeprüfung zeigen, aber dann hat er sich wieder gefangen. Schon in der Mittelschule war er einseitig in Seiji Kiyotake verliebt.

Brüder

Aus *Ein Spiel namens Liebe*

**Ein guter Schüler, der als Liebhaber angriffslustig wird**

## Ryuta Udou

Ein ernster Musterschüler, der von seinem Umfeld sehr bewundert wird. Mit Miki begann es als Spiel, aber dann wurden sie ein echtes Liebespaar.

 Schulkameraden

**Ein süßer Typ, der etwas dumm wirkt**

## Toshihisa Miki

Er ist spontan und hat sich früher mit mehreren Mädchen gleichzeitig amüsiert, aber jetzt ist er komplett in seinen Freund verliebt.

# Ein Spiel namens Liebe –
## Die Nacht vor der Aufnahmeprüfung

*Eine Liebesgeschichte
voller Traurigkeit und
    Fehleinschätzungen
        von Chiye Ogawa*

# Ein Spiel namens Liebe –
## Während der Aufnahmeprüfung

Ich wurde an einen gefährlichen Ort geschickt!

## Miki-Udou-Bonus

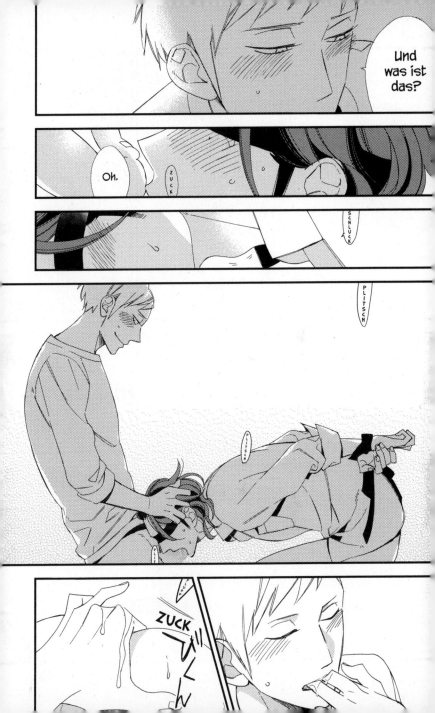

Ein Nachspiel voller Traurigkeit und Fehleinschätzungen

Warum hat Miki mitgetrunken?

Udou trinkt Saft.

Huch? Gebt ihr etwa schon auf?

Kalt.

KLACK

Oh, der Restmüll ist erst Mittwoch dran.

Ich werfe ihn nicht weg.

Ich nehme ihn mal mit.

Mir ist heiß.

Echt jetzt?

Schön kühl ...

Am nächsten Tag ...

Ich hätte nicht gedacht, dass Udou so viel Alkohol abkann ...

Er ist ja auch Bartender.

Oh, wenn man vom Teufel spricht.

Kiyotake, du bist heute ma an der Uni?

Ja ... Weißt du, wo Udou ist?

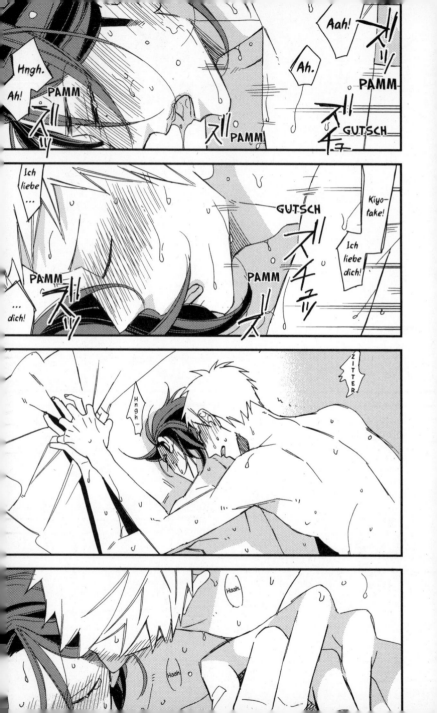

Vorher war es eine einseitige Liebe ...

... aber jetzt hat er mich und ich möchte es ihm zurückgeben.

Wie kann ich ihm das zu verstehen geben?

HAPPY END ♡

Die Krankenschwesternuniform hat er von einer alten Freundin seiner Mutter (Kollegin im Hostessenklub) geliehen.

Bitte leih sie mir!! Es geht hier um meine Leistengegend als Mann!

Du meinst wohl Leistung.

Es ging wirklich um die Leistengegend ...

Eine Liebesgeschichte
voller Traurigkeit und
Fehleinschätzungen
von Chise Ogawa

*Eine Liebesgeschichte voller Traurigkeit und Fehleinschätzungen*

von Chise Ogawa

TROPF

Du bist verletzt ...

Du solltest dich verarzten lassen.

Eita

Du bist echt ein unfähiger Bruder.

Sagst du wieder solchen Kram, weil du dich um Shun sorgst?

Da... ... ist nur eine Schürfwunde.

... würde mich doch ganz sicher akzeptieren können.

*Es ist ein Leid, das niemals vergehen wird.*

Ende

Eine Liebesgeschichte
voller Traurigkeit und
Fehleinschätzungen
von Chise Ogawa

»Dann bist du ab jetzt mein großer Bruder?«

Ich war froh, einen Bruder zu bekommen.

Schon als Kind roch er irgendwie nach Sonne.

... beschützen. Ich werde ...

... dich weiterhin ...

Ach, sorry. Ich ...

Wollen wir auf dem Rückweg bei Mäckes vorbei?

WATZ

Eita.

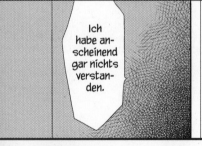

Ich habe anscheinend gar nichts verstanden.

... ent- scheiden?

Aber darf ich mich denn selbst ...

Ja.

*Eine Liebesgeschichte voller Traurigkeit und Fehleinschätzungen*

*von Chise Ogawa*

# Verdrehtes Bruchstück – Vorgeschichte

Takumi nutzt das Verlangen und die Liebe des jüngeren, fähigen Misaki aus, um ihn zu stürzen. Aber dieser opfert seinen Selbstrespekt gerne auf, um Takumi zu bekommen. Die Geschichte der beiden kann in der Kurzgeschichte *Verdrehtes Bruchstück* nachgelesen werden, die im Manga *Rakuda Tsukai to Ouji no Yoru\** enthalten ist.

\*nicht auf Deutsch erschienen

Hast du die ganze Zeit so geweint?

Dann weinst du also auf diese Art?

Ta-kumi.

*Eine Liebesgeschichte
voller Traurigkeit und
Fehleinschätzungen
von Chiye Ogawa*

*Eine Liebesgeschichte
voller Traurigkeit und
    Fehleinschätzungen
        von Chise Ogawa*

# How I feel about you – Anstoß

Maki ist ein unscheinbarer Junge, der auf schöne Gesichter steht. Fukamachi ist sein extrem hübscher Mitschüler. Die Geschichte der beiden kann in *How I feel about you* nachgelesen werden.

*Eine Liebesgeschichte
voller Traurigkeit und
Fehleinschätzungen
von Chise Ogawa*

*Eine Liebesgeschichte voller Traurigkeit und Fehleinschätzungen*

*von Chise Ogawa*

# Laundry.

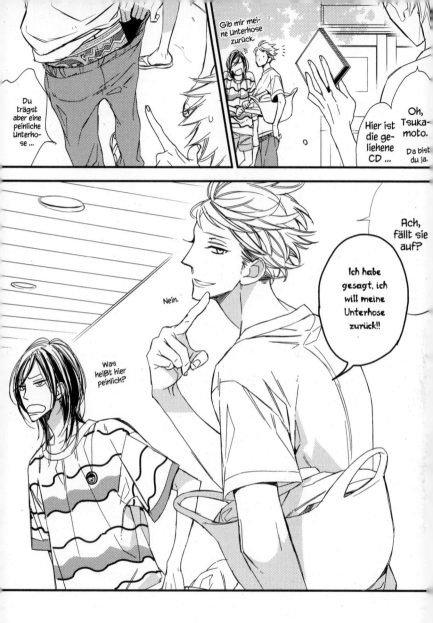

*Eine Liebesgeschichte
voller Traurigkeit und
   Fehleinschätzungen
      von Chloe Ogawa*

# Eine Liebesgeschichte voller Traurigkeit und Fehleinschätzungen

Hach, das nervt echt.

Hätte ich damals sofort geantwortet, wäre es nie so weit gekommen.

»Wollen wir zusammenziehen?«

Nur ein klein wenig ...

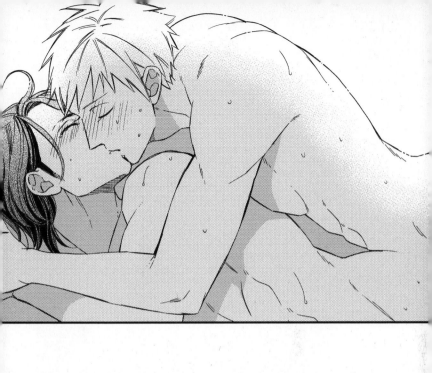

Ende

*Eine Liebesgeschichte
voller Traurigkeit und
    Fehleinschätzungen*
        *von Chise Ogawa*

*Eine Liebesgeschichte
voller Traurigkeit und
Fehleinschätzungen
von Chise Ogawa*

## Nachwort

Vielen Dank, dass ihr zu Eine Liebesgeschichte voller Traurigkeit und Fehleinschätzungen gegriffen habt. In diesem Band sind viele Do-jinshi und unveröffentlichte Bonusgeschichten enthalten. Ich arbeite nicht mehr im Fanbereich, aber viele haben mich angesprochen, dass sie keins der Hefte oder den Bonus der japanischen Erstauflage von Ein Spiel namens Liebe bekommen haben. Ich hoffe, dass ich die Wünsche hiermit erfüllen konnte. Ich bedanke mich bei allen zuständigen Personen, die mir dabei geholfen haben. Vielen lieben Dank.

Ich habe zweimal den Computer gewechselt und einer ging auch kaputt. Daher gerieten die ursprünglichen Daten komplett durcheinander. Ich dachte schon, dass ich nicht alles zusammenbekommen würde, aber am Ende bin ich froh, dass ich alles finden konnte.

Ich hoffe, der Band konnte euch ein wenig die Langeweile vertreiben. Vielen Dank an alle, die dieses Buch gelesen haben.

2018
Chise Ogawa

**TOKYOPOP GmbH
Hamburg**

TOKYOPOP
1. Auflage, 2024
Deutsche Ausgabe/German Edition
© TOKYOPOP GmbH, Hamburg 2024
Aus dem Japanischen von Lasse Christian Christiansen

# libre

Gosan de Fukou na Koibanashi
© Chise Ogawa 2018
Originally published in Japan in 2018 by Libre Inc.
German translation rights arranged with Libre Inc.

Redaktion: Nora Hoos
Lettering: Vibrant Publishing Studio
Herstellung: Mathias Neumeyer
Druck und buchbinderische Verarbeitung:
CPI–Clausen & Bosse GmbH, Leck
Printed in Germany

 Wir achten auf die Umwelt.
Dieses Produkt besteht aus FSC®-zertifizierten
und anderen kontrollierten Materialien.

Alle deutschen Rechte vorbehalten. Nachdruck, auch auszugsweise, verboten. Kein Teil dieses Werkes darf ohne schriftliche Genehmigung des Verlages in irgendeiner Form reproduziert oder unter Verwendung elektronischer Systeme verarbeitet, vervielfältigt oder verbreitet werden.

ISBN 978-3-7593-0346-2

**www.tokyopop.de**

# NOMI X SHIBA
**Tohru Tagura**

**Du darfst nie merken, dass ich dich liebe.**

Shiba hat es auf seiner Jungenschule alles andere als leicht. Sein größtes Problem ist, dass ihn alle wie ein Mädchen behandeln und mit lauter Komplimenten belästigen, weil er ein so niedliches Gesicht hat. Der Einzige, der ihn immer wieder aus unangenehmen Situationen rettet, ist sein Mitbewohner Nomiya. Dieser verbirgt seine Gefühle für Shiba, da er weiß, wie sehr ihm Annäherungen zuwider sind. Was Nomiya noch nicht ahnt, ist, dass Shiba auch in ihn verliebt ist, obwohl dieser vehement versucht, allen klarzumachen, er sei hundertpro hetero …

www.tokyopop.de

# ZWEI SCHNEIDER WIE NADEL UND FADEN
## Syaku

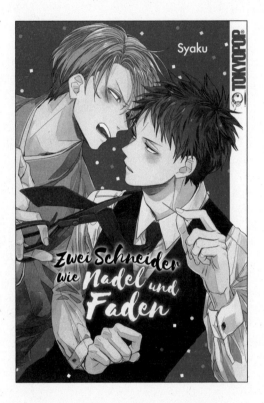

**Was ist der Faden, der uns verbindet?**

Der ernste Suzu will die moderne Anzugschneiderei seiner Familie übernehmen. Zum selben Zeitpunkt soll, direkt gegenüber, der leichtfertige Yo die traditionelle Kimonoschneiderei seiner Großeltern erben. Als Kinder verband die zwei Jungs die Liebe zum Nähen, doch ein unbedachter Kuss trieb damals einen Keil zwischen sie. Wird es den beiden Schneidern heute gelingen, den Riss in ihrer Beziehung zu flicken?

www.tokyopop.de

# THE THREE OF US
## Chai / Anna Takamura

**Du und ich und er**

Die drei Jungs Rio, Kei und Yuto sind unzertrennlich. Rio ist heimlich in Yuto verliebt und findet Trost in Keis Armen. Nach dem Schulabschluss trennen sich für gewöhnlich die Wege und das nutzt Rio als Gelegenheit, sich von Yuto zu distanzieren, bis sich die drei zufällig wiederbegegnen. Werden Rios Gefühle zu Yuto wiederkehren oder muss er sich eingestehen, dass Kei mehr als nur ein Trostpflaster für ihn ist?

www.tokyopop.de

# NO GOD IN EDEN
## Yuma Ichinose

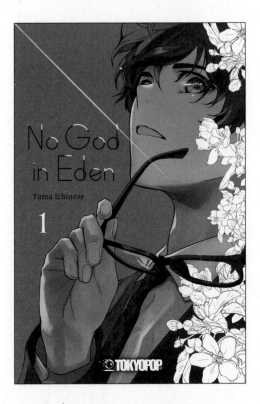

**Schöpfungsgeschichte x Omegaverse**

Nishio, der mit seiner lebhaften Art sonst immer für gute Laune sorgt, fühlt sich schon den ganzen Morgen kraftlos. Als im Sportunterricht auch noch ein Schwindelgefühl dazukommt, will ihn sein Mitschüler Takai ins Krankenzimmer bringen. Doch für Nishio ist selbst dieser Weg zu weit, und so machen die beiden an einem Geräteschuppen Halt. Auf einmal benebelt ein köstlicher Duft Takais Sinne. Erschreckt bemerkt er, dass Nishio in Ekstase gerät, die auch auf ihn übergreift ...

www.tokyopop.de

# HOW TO TRAIN A NEWBIE
## Hibiko Haruyama

**Das perfekte ungleiche Paar**

Asahi Muromiya mag zwar der Kleinste im Vertriebsteam sein, in puncto Ehrgeiz und Humor macht ihm aber so schnell keiner was vor. Als es darum geht, neue Kollegen in die Abläufe der Abteilung einzuweisen, wird Muromiya der ruhige Koichi Sera zugeteilt. Dieser ist nicht nur vier Jahre jünger, sondern auch noch 28 Zentimeter größer als er und zudem äußerst talentiert. Als Muromiya bei einer Firmenfeier jedoch einen über den Durst trinkt und Sera küsst, wird ihre Zusammenarbeit auf die Probe gestellt ...

www.tokyopop.de

# YUKI & MATSU
## Hidebu Takahashi

**»Es war schön, jemanden zu haben,
der die Einsamkeit mit mir teilt.«**

In einer stürmischen Winternacht findet der Arzt Shoan einen vermeintlich leblosen jungen Mann mit aufgeschlitzter Kehle im Schnee begraben. Er nimmt ihn mit nach Hause, versorgt seine Wunde und gibt ihm den Namen Yuki. Von nun an teilt Shoan das Bett mit seinem geheimnisvollen Patienten, der lediglich ein blutiges Schwert bei sich trug. Da er aber ursprünglich Yukis Leiche zu Geld machen wollte, soll dieser ihm nun eine neue besorgen. Dabei wird Yuki schnell von seiner dunklen Vergangenheit eingeholt ...

www.tokyopop.de

# HYPNOTIC THERAPY
## Maki Masaki

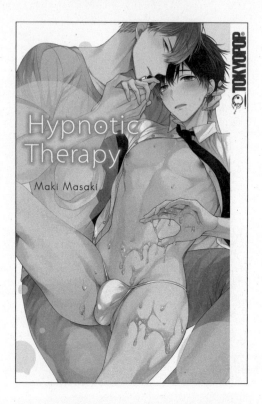

**»Du kannst deine Gefühle nicht mehr aufhalten.«**

Kazushi arbeitet in einer Boys Bar, und wenn die Jungs hinter der Theke miteinander flirten, geizen die Gäste nicht mit Trinkgeld. Kazushi ist jedoch total entnervt, dass sein Kollege ihm dafür auf die Pelle rückt. Doch dahinter steckt seine größte Angst: sich schon wieder viel zu schnell zu verlieben! Sein Nachbar Sou schlägt ihm vor, es mit einer Hypnose-Massage zu versuchen, die eine Art Resistenz aufbauen soll. Dass Sou allerdings die Behandlung durchführen wird, kommt für Kazushi ebenso unerwartet wie seine eigene Körperreaktion.

www.tokyopop.de

# UNTER DER OBERFLÄCHE
## Emi Mitsuki

**Die Höhen und Tiefen der Liebe**

Kobayashi hat seinen Traumjob gefunden: Endlich arbeitet er in der Filmbranche, und dann auch noch mit einem renommierten Regisseur! Allerdings gerät er immer wieder mit seinem Vorgesetzten aneinander und ist daher mehr als genervt. Sein Leid klagt er seinem ehemaligen Kollegen Ishihara, der ihm beim Feierabendbier geduldig zuhört. Eines Abends verschlägt es die beiden jedoch in einen mysteriösen Club und es folgt heißer Sex im Separee ... In ihrem ersten Kurzgeschichtenband erzählt Emi Mitsuki von Leidenschaft, Geheimnissen und überraschenden Gefühlen!

www.tokyopop.de

# SIMPLIFIED PERVERT ROMANCE

## Neg Sekihara / Nanako Semori

**Wer ist hier pervers?!**

Schon am ersten Tag an der neuen Schule ist Yuki Kashima genervt von seinem neuen Mitschüler Ryoji Sanada. Während Yuki sich lieber Gedanken darüber machen würde, wie er seine masochistischen Gelüste durch eine schöne Schlägerei befriedigen kann, starrt und quatscht Ryoji ihn ständig an, bis Yuki schließlich der Geduldsfaden reißt! Er bedrängt Ryoji sexuell und hofft auf Gegenwehr und damit auf lustvolle Schmerzen. Doch entgegen seiner Erwartungen ist dieser alles andere als abgeneigt ...

www.tokyopop.de

# ALL YOU WANT, WHENEVER YOU WANT

**Omayu**

Tsubaki arbeitet im Vertrieb einer Lebensmittelfirma. Um sein Team vor der Schikane des Chefs zu schützen, übernimmt er stets die Verantwortung – sehr zum Missfallen des neuen Mitarbeiters Makino. Die beiden fühlen sich jedoch sofort körperlich zueinander hingezogen. Und nicht nur das: Makino hat sich bereits in seinen Kollegen verliebt. Aufgrund seiner schlechten Erfahrung in der Liebe beschränkt Tsubaki ihre Beziehung aber lediglich auf eine Freundschaft Plus. Ob das auf Dauer gut gehen wird?

www.tokyopop.de

# STOPP!

**Dies ist die letzte Seite des Buches!
Du willst dir doch nicht den Spaß verderben
und das Ende zuerst lesen, oder?**

Um die Geschichte unverfälscht und originalgetreu mitverfolgen zu können, musst du es wie die Japaner machen und von rechts nach links lesen. Deshalb schnell das Buch umdrehen und loslegen!

## So geht's:

Wenn dies das erste Mal sein sollte, dass du einen Manga in den Händen hältst, kann dir die Grafik helfen, dich zurechtzufinden: Fang einfach oben rechts an zu lesen und arbeite dich nach unten links vor.
Viel Spaß dabei wünscht dir
TOKYOPOP®!